SP
E

Hazen, Barbara
Shook.

Fue el gorila.

$13.95

# Fue el gorila

## BARBARA SHOOK HAZEN

ilustrado por RAY CRUZ

traducido por ALMA FLOR ADA

**Libros Colibrí**

ATHENEUM     1994     NEW YORK

Maxwell Macmillan Canada    *Toronto*

Maxwell Macmillan International
*New York   Oxford   Singapore   Sydney*

Atheneum
Macmillan Publishing Company
866 Third Avenue
New York, NY 10022

Maxwell Macmillan Canada, Inc.
1200 Eglinton Avenue East
Suite 200
Don Mills, Ontario M3C 3N1

Macmillan Publishing Company is part of the Maxwell
Communication Group of Companies.

First edition
Printed in the United States of America
10   9   8   7   6   5   4   3   2   1

Library of Congress Catalog Card Number: 94-71333

ISBN 0-689-31975-4

Para Brack, mi prima Barbara
y todos nuestros amigos
                    B. S. H.

¡Chis!
Vete.
No puedo jugar.
Estoy durmiendo.

Bueno.
Pero tendrás que estar muy callado
o Mami se enojará.

Ummmm.
Eso se ve muy rico.
¿Me das una mordidita?

Primero haremos una ciudad.

Luego daremos un paseo.
¡Brum! ¡Bruuuuuuuuuuuuum!

¿Quién hizo este reguero?

Fue el gorila.

¿Qué gorila?

El gorila en mi bicicleta . . .
No lo hizo a propósito.
Fue un accidente.

¡Mira esto!
Hay comida por todo el piso
y jugo de uvas debajo del radiador
y ¡has revuelto toda tu ropa limpia!
No me digas que todo esto lo hizo
un gorila mientras tú dormías.

No estaba dormido.
Él no me dejaba dormir.

Escúchame
y escúchame bien.
Voy a la cocina.
Voy a empezar a preparar la cena.
Quiero que vuelvas a la cama
y que pienses en todo lo que pasó.
Y cuando lo hayas pensado bien
quiero que vengas
y que me digas qué es lo que
realmente pasó.
   ¿De acuerdo?

Bueno.

¡Gorila malo!
Gorila malo, malo.
Por tu culpa
Mami está enojada conmigo.

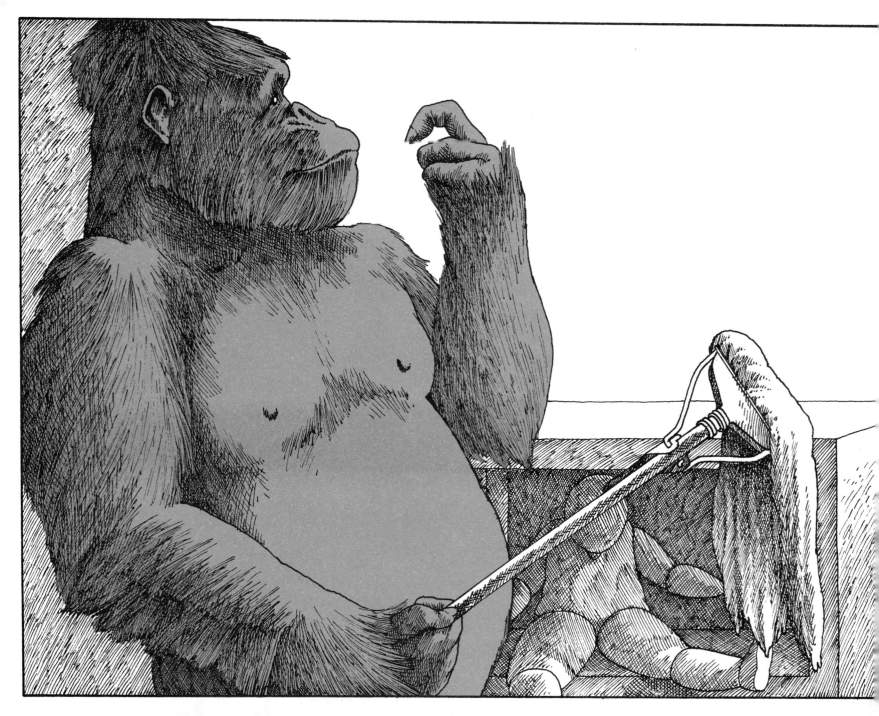

¡No lo haré!
¿Por qué voy a hacerlo? . . .

Bueno, está bien.
Pero más vale que no me metas
otra vez en problemas.

Un poquito más de talco
y un poquito más de jabón.
¡Qué sorpresa para Mami!

¡Hola!
Ya estoy listo.

**Muy bien.**
**¡Ahora quiero que me digas**
**de verdad quién hizo el reguero!**

Fue el gorila.

¿Eso es todo lo que tienes que decir?

No.

¿Qué más?

Dice que lo siente.
Y yo le ayudé a limpiar.
¿Quieres verlo?
Y...

¿Y qué más? ...

Dice que todavía tiene hambre.
¿Puedo darle una galletita?

¿Y me das una a mí también?

Eres una mamá muy buena.

Y él realmente quiere ser

un buen gorila.